HEAST, MIRACULIX, I FÜÜ MI A BISSL LEDSCHAD!
SICHA NED, OBELIX! DU GRIAGSD KA ZAUWA-DRANGGL. WIA OFD SOE I DA NO SOGN, DASSD OES BUA INS REINDL GFOEN BISD!
AF544244

GOSCINNY UND UDERZO
BRINGAN SCHO WIEDA A MUNDOAT-BIACHL
AUF WIENERISCH

KÖÖCH UMAN ASTERIX

Gschichl: **René GOSCINNY** Büdln: **Albert UDERZO**

EGMONT · BERLIN

Asterix KLAANS GLOSSARIUM

augrennd = verrückt, gestört, nicht normal
augriad = gekränkt, beleidigt
Baa = Knochen
Bahöö = Wirbel, Aufstand
Baras = Militär
Bauanschedl = Provinzler
bäule gee = verschwinden
begln = wörtl. bügeln, erledigen
biaschdln = Alkohol trinken
blaad = fett, korpulent
Blafoo = Plafond, Decke
Bleamön = Blumen
blunznfett = stockbetrunken
Blutza = Kopf, Schädel
Bosauna = Posaunen
Botzn, a B. = eine Menge
Bresln = Schwierigkeiten, Probleme
Bromi = Prominenter
Buwalpartie = Gruppe von jungen Männern oder auch Emporkömmlingen
Chuzpe = (jiddisch/wienerisch) Frechheit
Deafö = Dörfchen
Diena, an D. mochn = sich verbeugen
Doppla = Doppelliterflasche Wein
draamhapat = verträumt
Dranggl = Trank, Getränk
Eamö = kräftiger Oberarm, Muskel
Einedraara = Angeber
eitunkn = denunzieren, belasten
fäun = stinken
Feidl = Messer, Schwert
Fisch = Messer, Dolch
fraungg = frank, frei, unverstellt
gaach = schnell, rasch
Gaaßmüüch = Ziegenmilch
Geaschdl = Geld
gfeanzt = gerissen
Gieral = gieriger Mensch
Gimpfte, mia gehd es G. auf = mir platzt der Kragen
Glamua = Glanz
Glumpat = wertloser Tand
goaschdech = garstig
Graud, en G. lossn = im Kraut lassen, verschonen
Greißla = kleiner Händler
Gschamsta Diena! = Meine Verehrung!
Gschdeamö = kleingewachsener Mensch
Gscheada, Mz.: Gscheade = Landei, unzivilisierter Mensch
Gscheidl = Neunmalkluger
gusch, Sei g.! = Halt den Mund!
Hapschi = Freund
Haring = Hering
hawan = essen
Hawara = Freund
Hefn = Gefängnis
Hefnbruada = Häftling
Heisa, se iwa d H. haun = sich über die Häuser hauen, verschwinden
Heislschdimmung = schlechte Stimmung
Hoggn = Arbeit, Aufgabe
Hoebschdoaka = Heranwachsender, Jugendlicher
Hüüsn = Dose (Bier)
Junggsöö = Junggeselle
Kabuff = Abstellraum
Kampl, fescha K. = gut aussehender Mann
Kiniglhos = Kaninchen
Kööch = Streit
Kramuri = Krempel
Krawäu = Lärm
Krepial = schwächlicher Mensch
Kusinasch = Cousins, Cousinen, weitere Verwandtschaft
Leachalschas = Kleinigkeit
leiwaund = sehr gut, ausgezeichnet
Mischbön = Misteln
Noan, fiaran N. hoetn = zum Narren halten
Nudlaug = vulgär: Versager, Idiot
Oaschleggn, es O. haassn = das Götzzitat äußern
oreißn = fortgehen, verschwinden
Owezaara = Tachinierer, Faulpelz
Pappi = Essen, Mahlzeit
Pecka, an P. hom = einen Vogel haben
Pfostn = Depp
pipperln = trinken
Pleampl = Blödian
Püücha = Grobian, roher Mensch
Reindl = Topf
Retourkutschn = Revanche
Saafnsiada = von Seifensieder: beschränkter Mensch, Versager
Schani = Diener
Schbezi = enger Freund
Schduaschedl = sturer Mensch
Scheam = Gefäß
Schiffanakl, Schinakl = kleineres Schiff
Schippö, a S. = eine Menge
Schlauch, en S. gem = „den Schlauch geben“, einschenken, zusetzen
Schmähtandla = Schwindler
schmeggs = wer's glaubt
Spassettl = Streich, Neckerei
Tandla = Händler
Tschako = Hut, Helm
Ungustl = Unsympathler
Untaläufön = Untergebene
Wadln, de W. fire richten = wörtl: die Waden nach vorn drehen, (I wead da de Wadln vire richtn = dir werde ich's zeigen)
Wappla = Idiot, Versager
Weinbeißa = Säufer
Wepsn = Wespen
Wiggl = Auseinandersetzung
Wöös = Wels
Wuchtln = Witze
Wüüdsau(na) = Wildschwein(e)
Zaaga = Zeiger, aum Z. gee = auf die Nerven gehen
Zinshaus, Mz.: Zinsheisa = Mietshaus
Zwidawuazn: missgelaunter Mensch

LA ZIZANIE
STREIT UM ASTERIX

Aus dem Französischen ins Hochdeutsche übersetzt von Gudrun Penndorf M. A.

Ins Wienerische übertragen von Ernst Molden

Verantwortlicher Redakteur: Wolf Stegmaier
Produktmarketing: Nora Gollek
Herstellung: Stefanie Günther

ASTERIX® – OBELIX® – IDEFIX®
© 1970 GOSCINNY – UDERZO
© 1999 HACHETTE LIVRE
© der vorliegenden Ausgabe und der deutschen Übersetzung:
2023 HACHETTE LIVRE

Verlegt von: Egmont Ehapa Media GmbH
Erste Veröffentlichung in deutscher Sprache: Ehapa Verlag GmbH, 1973
Printed in the EU
ISBN der gebundenen Ausgabe: 978-3-7704-4014-6

Wer mehr über Asterix und Obelix erfahren möchte – hier werden alle Gallierfreunde fündig:

www.asterix.de 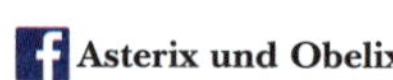 

Hier kann man alle Abenteuer von Asterix und Obelix direkt bestellen:

Ehapa Bestellservice
VVA-arvato
An der Autobahn 100
33333 Gütersloh
Tel.: (+49) (0)5241-80-88280
Fax: (+49) (0)5241-46970
E-Mail: service@ehapa-shop.de

www.egmont-shop.de

MIA SCHREIM ES FUFFZGAJOA VUAN DSCHIESAS. DE RÖMA HOM SE GAUNZ GALLIEN EIGNAAD. GAUNZ GALLIEN? SCHMEGGS! A KLAANE UATSCHOFD VOLLA UNBEIGSOMA SCHDUASCHEDLN WÜÜ SE DES SO NE GFOEN LOSSN UND GIBD DENAN RÖMAN KAAN DOG LAUNG A RUA. DRUM IS NED LEICHD FIA DE LEGIONEA, WOS RUNDUMADUM IN DE LOGA VON BABAORUM, AQUARIUM, LAUDANUM UND KLEINBONUM EANAN DIENST DUAN…

A BOA GALLIA

ASTERIX, DA HÖÖD VO DERA GSCHICHD. A GFEANZTA, KLAANA KEMPFA MED AN WOCHN VASCHDOND, DEN WOS D AN GFEALECHN AUFDROG JEDAZEID IWAGEM KAUNST. SEI IWAMENSCHLECHE GROFD HOD A VON MIRACULIX SEIN ZAUWADRANGGL.

DA OBELIX IS EN ASTERIX SEI BESDA HAWARA. EA OAWEIT OES HINGGLSCHDAATANDLA UND SCHDED SE AUF BRODANE WÜÜDSAUNA UND GREWARE WIGGL. WAUN A MEN ASTERIX A OBNDEIA ALEBM KAU, LOSSD A OLLAS LIEGN UND SCHDEE UND IS GSCHDÖÖD. SEI HUNDERL HAASST IDEFIX, DEA GED AA GEAN MED. DA IDEFIX MOG DIE BAAM, UND WAUN EANA AANA WOS DUAD, MOCHD A GLEI A BAHÖÖ.

MIRACULIX HAASST DA DRUID VO DERA UATSCHOFD. EA BROGGD MISCHBÖN UND RIAD OLLAHAUND DRANGGLN ZAUM. AAN HOD A, WOS DENAN GALLIAN EANARE MUADSDRUMM EAMÖN VARLEID. OWA EA HOD NO AUNDARE AA.

DA TROUBADIX SCHBÜÜD DIE MUSI – MA IS SE NED EINIG, WIA GUAD. EA SÖWA SOGD, DASS A GENIAL IS, DE AUNDAN PACKN EAM WENIGA. OWA SOLAUNG A RUHIG IS, HOD EAM A JEDA GEAN.

UND DAUN DA MAJESTIX: EA IS DA HEIBDLING VO DENAN WÜÜDN, A HARBA, OEDA GRIAGA, DAHAAM HOETNS AUF EAM, AUSSAHOEB HOMS DE HOSN VOE. BEASÖNLECH FIACHD A SE NUA DAVUA, DASS EAM DA HIMMÖ AUFN BLUTZA FOEN KENNT. OWA, SO SOGD A SÖWA: „NO IS JO NED SO WEID.“

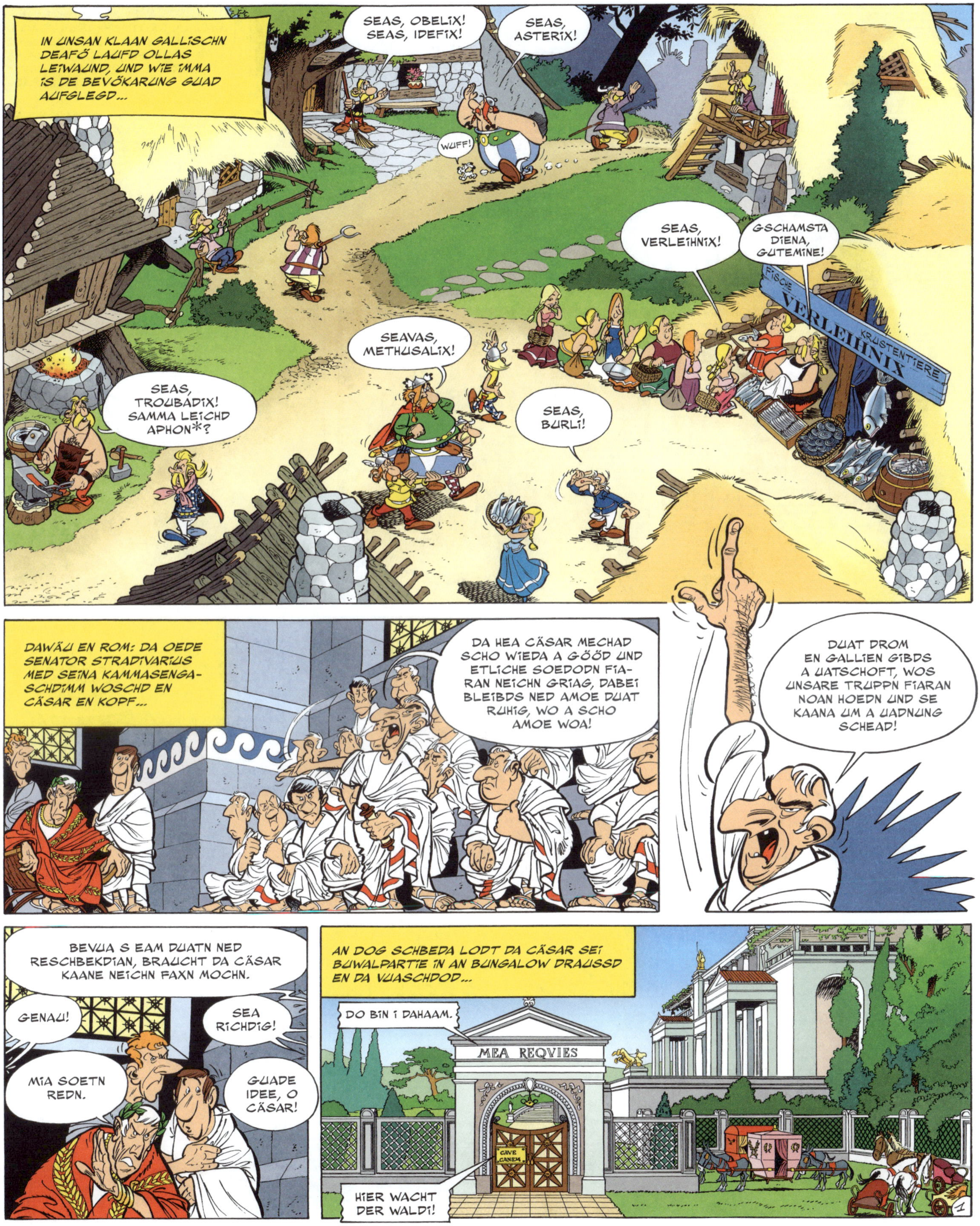

IN UNSAN KLAAN GALLISCHN DEAFÖ LAUFD OLLAS LEIWAUND, UND WIE IMMA IS DE BEVÖKARUNG GUAD AUFGLEGD...

SEAS, OBELIX! SEAS, IDEFIX!

SEAS, ASTERIX!

WUFF!

SEAS, VERLEIHNIX!

GSCHAMSTA DIENA, GUTEMINE!

FISCHE VERLEIHNIX KRUSTENTIERE

SEAVAS, METHUSALIX!

SEAS, TROUBADIX! SAMMA LEICHD APHON*?

SEAS, BURLI!

DAWÄU EN ROM: DA OEDE SENATOR STRADIVARIUS MED SEINA KAMMASENGA-SCHDIMM WOSCHD EN CÄSAR EN KOPF...

DA HEA CÄSAR MECHAD SCHO WIEDA A GÖÖD UND ETLICHE SOEDODN FIA-RAN NEICHN GRIAG, DABEI BLEIBDS NED AMOE DUAT RUHIG, WO A SCHO AMOE WOA!

DUAT DROM EN GALLIEN GIBDS A UATSCHOFT, WOS UNSARE TRUPPN FIARAN NOAN HOEDN UND SE KAANA UM A UADNUNG SCHEAD!

* HAASA.

* AUM EASCHDN, WAUN D LEIT A GÖÖD HOM. ** ANTIKA PICK.

WIA HAASST A DENN, DEI UNRUHE-SCHDIFDA?
TULLIUS DESTRUCTIVUS. WAASST, SCHEF, EA IS A RECHDE ZWIDAWUAZN, OWA MA KAUN OAWEITN MED EAM. WORA HIKUMMD, WEANS OLLE GREAN EN GSICHD VUA LAUTA SCHLECHDA SCHDIMMUNG. ES IS OES WIARA WUNDA!

A WUNDA KEMMA BRAUCHN.
DU BISD A HUNDLING, BEIN JUPITA!

WOS HOSD DU GROD GSOGD?
HEAST, WOS IS DO FIARA KRAWÄU?
DASS D A HUNDLING BISD, A LETZT-KLASSIGA!

I WIA DA GEBM, DA MAUNSCHOFD DARZÖÖN, I BIN EN ZENTURIO SEI SCHATZI!
NO, UND WEA HOD EAM SUNST DARZÖÖD, DASS I BLUNZNFETT IN D KASEAN KUMMAN BIN?
?
3A

UND? UM WOS GEDS?
I HOB EAM IWA-HAUPD NED...

AVE, CÄSAR. WIA GHAASSN BRING MA EN TULLIUS DESTRUCTIVUS, EN HEFNBRUADA!
KLACK!
KLACK!

BAASSD. BINDS EAM LOS UND SCHLEICHDS EICH!

GEMMA, TULLIUS DESTRUC-TIVUS!
HUNDLING!
WEINBEISSA!

3B

DES IS UNSA WUNDAWUZZI? SEA GFEALECH SCHAUD A MA NED AUS.

IS SCHO GUAD. WAUN DA PLAN NED VON HEAN BRUTUS KUMMD, IS DA HEA BRUTUS GLEI AUGRIAD!

AUGRIAD, I? VIELLEICHD BI I AUGRIAD. DAFIA HOWE EN CÄSAR NED VARODN UND FIA SEIN GEGNA GOAWEIT, FIAN POMPEJUS!

I BEIN POMPEJUS? EA DO VIELLEICHD. EA AA UND EA, VO MIA AUS. OWA I? KAA ANZIGES MOE HOWE EN SCHEF VARODN!

MOMENT, MOMENT! EA IS VARÄTA, NED I!
BISD AU-GRENND?
SCHMÄH-TANDLA!
TOCK! TOCK! TOCK!
MI EITUNKN! MI, DEA WOS OLLE UND JEDN VARODN HOD.
A GEH?

HÄHÄHÄ!
DREGG-SAU!
FOESCHA FUFFZGA!
GSCHEADA!

OWA, OWA, MEINE HEAN. OLLA-WÄU SCHEE POMALI! NED SCHDREIDN WEGN MIA. ES IS EICH ZWOA IMMA GUAD GAUNGAN, WÄU DA CÄSAR HOED A BISSL A EINFOETSPINSL...

A EINFOETS-PINSL??? I???

SEA LEIWAUND! I SCHÜDA DA JEDS DEI HOGGN IN GALLIEN. WAUNSD DES HIGRIAGSD, MUASSD NIMMA EN HEFN ZRUGG, UND A GUADE GAASCH GIBDS AA.
REIWA!
LEMUA!
GAUNA!
VARÄTA!

EN DA ZWISCHNZEID RENNT DROM EN GALLIEN OES WIA GSCHMIAD...
ES LEM IS SCHEE, O DRUID!
WEA WAASS, ZU SCHEE, ASTERIX! DE RÖMA GEM A RUA, DAHAAM HOMMA AA KAANE WIGGL, UND DA TROUBADIX SINGD NED. DES WIAD NED A SO BLEIBM. DO KUMMD NO WOS.

OED WIAD A, UNSA DRUID. OED UND FINSTA.

OWA EN DRUIDN SEINE SUANG HOM EANA BERECHTIGUNG. WÄU ES KUMMAN WIAKLECH BRESLN NOCH GALLIEN, AUF AN SCHIFFANAKL, WO SE OLLE SCHDREIDN. AUGFAUNGAN BEIN KÄPTN...
SODA, SIEGALAPHYRRUS, DU MAANST, I BIN A DOPPLA VOLLA RIESLING?
DES HOWE SO NED GSOGD, KÄPTN! DA VERACRUS HOD DES GSOGD!

... BIS OWE ZU DE RUADARA.
UND DO SOGSD DA GAUNZN SCHICHD, I BIN A OWE-ZAARA?
SEI GUSCH UND DUA RUADAN!

DA VERACRUS HOD OWA GMAANT, DU SOGSD, I BIN A DOPPLA VOLLA RIESLING.
WAUN DA VERACRUS DES SOGD, DAUN LIAGD A!

SEEREIWA, BACKBOAD VUAN!

HOMS GHEAD, KÄPTN?
NAA, HOWE NED! AUF DEN HEAD IWAHAUPD KAANA MEA! DEN GIBDS GOA NED!

HOD DEA NED DE CHUZPE UND SOGD, UNSARE GATTINA GEN-GAN AUF ORGIEN, DAWÄU MIA AUM SCHINAKL SAN!
?!?

NA RED I HOET GOA NIX MEA!

UND DAUN SOGN DE GFRASTA, I BIN NUA BEI DER MARINE, WÄU MEI FRAU EN CÄSAR SEI KUSINASCH KENNT.

A 'ÖMA-
GALEAN!
SCHDEIABOAD
HINT!
SICHA? NIX
GALLIA?

KA SCHBUA!
NA, OESDAUN!
GEMMA,
MEINE HEAN!

KÄPTN!
DE SEEREIWA
WOEN UNS AUS-
RAUBM!
WÜÜSD WIAKLECH
WISSEN, WOS DA
DOPPLA SOGD,
VERACRUS?

DES IS A BLEDSINN!
DA SIEGALAPHYRRUS
HOD NIX AUNDAS Z
TUAN, OES AUNDARE
LEIT ZUM EINE-
TEATAN!
SICHA
NED, OEDA!
SICHA NED!

HOBDSAS EH
LUSTICH, DO UNTN?
JOJO, EICHARE
GATTINA KENNEN
RICHDECH SCHDOEZ
SEI AUF EICH!
6A

JEDS GED MAS
GIMPFTE AUF!
OWE!

NAA! I SCHDEE
WEID IWA DE
PROLETN!

SAGLTS EN MASTN
UM!

HEAST!
WOETS NED AMOE
GRIASSN?
6B

* OLLAWÄU DES DEPPATE GÖÖD!

KONTREA DAGEGN, EN UNSAN KLAAN GALLISCHN DUAF...
MIA MIASSN A FESTL AUSRICHTN FIAN MAJESTIX, UNSAN SCHEF, WÄULA GEBUATSDOG HOD.
DO WIAD MAS HEAZAL GLEI WOAM!
DO GIBDS AN SCHIPPÖ WÜÜDSAUNA UND UA VÜÜ BAA, IDEFIX!

I SCHENGG EN SCHEF AN HINGGLSCHDAA, UND DU?
AN SCHÜÜD FIA SEI KOLLEKTION!

VO MIA GRIAGD A DEN FEIDL DO!
UND VO MIA AN FISCH! DEN KAUN A SE AUSSCHDOPFN LOSSN.

OWA KAA WUAT ZUM SCHEF! ES SOE A IWAROSCHUNG WEAN.

MEINE FREIND, I WAAS GOA NED, WOS I SOGN SOE, ZU DERA LIABM IWAROSCHUNG...
8A

OWA DRODDSDEM I BAFF BIN, MECHAT I MEI UNHAAMLECHE FREID ZUN AUSDRUGG...
SCHDOD DASS D AN BLEDSINN REDST, RUPF MA LIAWA DES HENDL.
GUTEMINE, WEGN MEINA BOSIZION OES SCHEF, OES EASCHDA UNTA DE WÜÜDN, MUASS I MI HOET UM BESCHDIMMDE SOCHN...
FRESSN UND SAUFN, JO. OWA AMOE WOS OAWEITN...

OWA SCHDOEZ BISD SCHO AA, DASS D MI GHEIRAT HOSD. A WENGAL GLAMUA FOED AA AUF DI.

OKEE, RED MA IWAN GLAMUA! I HOB SCHO GOA KAAN BLODS MEA IM KABUFF VUA LAUTA BLEDN KRAMURI. DEINE SCHBEZI DADATN DA NIE IANGDWOS LIABS SCHENGGN, A VASN ODA WOS WAASS I. KAAN SINN FIARA KUNST. LAUTA WÜÜDE.
8B

IM ZÖÖD VON ZENTURIO AEROBUS, WOS ES LOGA AQUARIUM KOMMANDIAT...
BAUANSCHEDLN! FIAN SE AUF WIA D WÜÜDSAUNA!

WAASS I EH, CAIUS AEROBUS. OWA DU HOSD GHEAD, WOS DA CÄSAR MAANT: DU MUASST MA FOEGN AUFS WUAT!
HOWE KAA BROBLEEM. OWA AUSANAUNDABRINGAN WIASD AS DRODDSDEM NED, DE GALLIA.

JEDS HOSD MA DE NOAN DUAT OLLE GSCHÜÜDAT. JEDS BRAUCH I NUA NO DES DO!

DES?!

DEN SCHEAM HOWE AUSN GRIAG MITBROCHD, QUASI BEUTE.
EH, DEINE UNTALÄUFÖN HOMMA DAZÖÖD, DASS D BEIN OTÄUN VO DA BEUTE A BISSL EIGN BISD.

MEINE UNTALÄUFÖN ZU MIA! OLLE!

GLEI DRAUF...
WOS IS, RÖMA?
I BRINGAD A KLAANE AUF-MEAKSAUMKEID FIAN WICHTIGSTN MAU BEI EICH!

A VASN! SCHAUD NED BÜLLIG AUS!
HA!
?

MEINE SCHANI!
SCHNIPP!

DO KUMMD A! OWA SCHEE UNAUFFÖLLECH BLEIBM. EA SOE NED GLAUBN, DASS MA WOATN AUF EAM!

?

?
GROD DEN MOMENT BIN I AUS ROM AUKUMMAN. UND DAMED DASS DE FREIND-SCHOFTLICHN BEZIEHUNGEN ZWISCHN RÖMA UND GALLIA WEIDA FLOARIAN, HOWE A BRESENT FIA DI, WÄU DU DA WICHDICHSDE MAU IN DERA UATSCHOFD BISD.

?!?

TSCHAU!

10A

EINE IN DIE HITTN, OWA SCHNÖÖ!

UND DUADS EICH ENDLECH AMOE BUGGN EN DA DIA!
TAPP! TAPP! TAPP!

NA SCHAU, DO HOMAN JO, EN WICH-DICHSDN MAU! SIEGSDAS, DE RÖMA WISSN BESCHEID. UND EN ASTERIX SCHENGGD MA NADIALECH KAANE HINGGL-SCHDAANA ODA SUNSD A GLUMPAT!

AN RICHDICHN BROMI SCHENGGD MA AN KUNSTGEGNSCHDAUND!
DA WICHDICHSDE BIN I!

AH SO? GLAUBSD DU! WAUN A BOA DEPPN IANGD-WAUN DE GSCHICHD VON UNSAN UAT DAAZÖÖN, SCHREIBMS SICHA NED „EN MAJES-TIX SEINE OBNDEIA" DRIWA!
10B

A DEIRE VASN MED LAUTA JUWÖÖN DRAUF!
UND DRIN OES VOLLA EDLSCHDAANA. I HOBS SÖWA GSENG!
UND HOBDS GMEAGGD, WIARA GSCHAUD HOD, DA MA...
OBOCHD! DO KUMMTS, DE GUTEMINE!
ERLEHHNIX

DAG!

WOS IS? HINT AUSCHDÖÖN WIA OLLE AUNDAN AA!

HOWE MI VAHEAT? I BIN DE GATTIN VON SCHEF VON EASCHDN UNTA DE WÜÜDN.
JELLOSUBMARINE! WEG MED DA WOA! SCHNÖÖ!
DES SENGAN DE RÖMA OWA AUNDASCHD!
SEA RICHDIG! EN ASTERIX SEI FRAU WARAT DE EASCHDE UNTA DE WÜÜDN, WAUN A KAA JUNGGSÖÖ WARAT.

GLAUBDS WIAKLECH?
SICHA!

BITTE, DIE DAMEN! IMMA DE NEAVN BEWOAN!
ZACK!
¡¡¡¡¡¡¡¡¡IIH

GLEI DANOCH...

NO, WOS BRINGSD MA FIARA PAPPI, MEIN MINDERL?

DES DO!
PFLATSCH!

BUHUHUHUUUU!
MEINE ÖTAN HOMS IMMA GSOGD, DASS D A TROTTL BISD! MEINE BESTN JOA HOWE VASCHWENDT AUN AN BLAADEN PLEAMPL, AUN AN BAUAN, AN VASOGA! OLLE SCHAUN OWE AUF MI!
!?/?

NAA! NAA! DU GRIAGSD KAANE VASN! DU NED!
JEDS HOWE OWA GNUA VO DERA DEPPATN VASN!

UND GOASCHDECH BISD AA NO. BUHUHUHUUUU!
VUASICHD! DA SCHEF!

?
12A

HOWE EICH GRUAFN?! HEID GERI ZFUASS! GAUNZ BRIVAT!

!

WOS WÜÜSD, RÖMA?
GOA NIX. I WOA EN DA GEGEND. HOWE MA DOCHD, I SOG GAACH AVE.

NA GUAT. AVE. JEDS NIMM DEIN SCHEAM UND SCHLEICH DI!
AUF KAAN FOE! OWA JEDS SCHDEARI EICH NED LÄNGA!

TADLLOS, DE WÜÜDSAU! DAUNK DA SCHEE, ASTERIX!
?
12B

SUACHSD DA HOED
DEiNE HAWARA AUS, WOSD
WÜÜSD, ASTERiX! BEiM
GEGNA VON MiR AUS ODA
GOA BEi DE RÖMA!
IN ZUKUNFT WiARi
MAS SUAGFÖTiGA
AUSSUACHN!

WO A RECHD HOD, HOD A RECHD: DA MAJESTIX DAZÖÖD DES GAUNZE GROD AUS SEINA BEASBEKTIVN, DABEI DUAD A UNTASCHDREICHN, WOS DA RÖMA UND DA ASTERIX NED FIA DIGGE SCHBEZI SAN...

* AN DEE GIBDS AA SCHO EN UAT, OWA EA IS NO NED RECHD POPULEA.

BIN I Z SCHBED?
OWA NAA! OWA NAA!

NED A SO A RIESN-SCHDIGGL!
IN DERA DUATN SAN NUA MÜÜCH, ZUCKA, EIA, MÖÖ UND A BISSL A SCHMOEZ DRIN. DO WIASD NED BLAAD!

WAASST, GUTEMINE. HEID EN DA FRUA, DES WOA NED BES GMAANT. A KLAANS SPASSETTL...
IS SCHO GUAD. RED MA IWA DE WICHDICHN SOCHN...

DA MEINIGE, DA SCHEF, DEN WOS DA CÄSAR GEAN OES SENATOR GHOBD HÄTT – UND SCHDÖÖDS EICH VUA: EA HOD NAA GSOGD!, – EA DENGGD HOED VÜÜ NOCH, IWAN ASTERIX UND SEIN SCHBEZI, EN RÖMA.

JO, MEI AUTOMATIX HOD MA DAZÖÖD, DASSAS LUSDICH GHOBD HOM. GLOCHD HOMS UND GSUNGAN, UND EAM IS VUAKUMMAN, BSOFFM WOANS AA.

SO A UNGLICK! OWA WOS WOETS? I HOB NIE VÜÜ GHOEDN AUFN ASTERIX. A MAU IN SEIN OETA, UND IMMA NO LEDIG.
WIA OED IS A IWA-HAUBD?
MEI GATTE, DA METHUSALIX, SOGD, EA IS NED A SO JUNG, OES WIARA AUSSCHAUD!
UND SEI HAPSCHI, DA OBELIX? IS DES A UMGAUNG? A GFÜÜDA PÜÜCHA, WOS AUS-SA SCHMÄHFIAN UND FRESSN NIX ZAUM-BRINGD!

BLED HOED, DASS DA ASTERIX DES SCHATZI VON MIRA-CULIX IS. UND DASSA HECHSDWOASCHEIN-LECH A BOA GEHEIM-NISSE WAASS VO EAM...
SCHBRICH, DES VOM MAGISCHN DRANGGL?

DUAD MA LAAD, DO DEAF I NIX SOGN.

GLEI DRAUF...
DA ASTERIX HOD DES DRANGGL AUN D RÖMA VAKAUFD? WIAD IMMA NO SCHEENA MED DE HOEB-SCHDOAKN!

* WO DA VERCINGETORIX 52 VUAN DSCHIESAS EN CÄSAR EIGSCHENGGD HOD.

DE LEID IM UAT SAN OAG DRAUF. DE DRAUN MA OLLAS ZUA, NED NUA A FREINDSCHOFD MED AN RÖMA!
HMMMM... VALEIMDUNG IS KAA LEACHALSCHAS. NUA DA TEUTATES ALLANECH WAASS, WOS DE OLLAS GLAUBM!

OWA NEMMAS NED BEASÖNLECH. HEID AUFD NOCHD SCHDEIGD DE PARTY FIAN MAJESTIX. DO WEAN SE OLLE WIEDA LEIDN KENNAN.

OWA DES MOE IS A WIEDA ZU OPTIMISTISCH, DA DRUID. IM UAT DRAUD JEDA JEDN OLLAS ZUA...

NUA DA UNSCHUEDECHE MUSIKANT TROUBADIX GSCHBIAD NIX VON DERA HEISLSCHDIMMUNG UND HOGGD DRAAMHAPAT BEI SEINE LIADA...

OWA AUFD NOCHD, BEIN FESTL, REDT KAANA WOS MIN AUNDAN...
!?!

UND DA BARDE HOD AUF AMOE DES GFÜÜ, DASSA GAUNZ ALLANECH IS. SO OES WARAT DES DES END...
... DES END VON UNSAN KLAAN DEAFÖ!

AAN DOG SCHBEDA SCHLEICHD A RÖMISCHE BADRULLIE DUACHN WOED...
I HEA WEN KUMMAN!
GSCHWIND, AUFFE AUFN BAAM!

AN AUNDAN BAAM, SCHNÖÖ! UJEGERL! AN AUNDAN BAAM!
ZU SCHBED IS! PSCHT!

LIAB VO DIA, AUTOMATIX, DASS D MA HÜÜFSD MED MEINE FOEN!
I WOET MED DIA REDN, IN OLLA RUA!

UJEGERL!
PSCHT! AUWEH!
DU HOSD SCHO VÜÜ EALEBD, METHUSALIX... WAUN DE RÖMA DES DRANGGL HOM, WIADS NED LEICHDA FIA UNS. MEI FRAU MAANT, ES WARAT AUN DA ZEID, DASS MA OREISSN, UND I DENGG MA...

I BITT DI GOA SCHEE! I HOB KA AUNGST VUA DE RÖMISCHEN WAPPLA. AMOE GERGOVIA, OLLAWÄU GERGOVIA!

MIA HOM DES DRANGGL?
SCHAUMA AMOE, DAUN WEAMA SENG!
HEAST, JEDS, WOS FUAT SAN, KENNT MA EINGDLECH OWE VO DEM BAAM!
JO, WEGN DA WEPSN WARATS!

BSSSSSSSSSSSSSSSSSS

UND EN LOGA AQUARIUM...
MIA HOM DES DRANGGL! DES MAGISCHE DRANGGL!
???
PLING!

WOS ISN JEDS SCHO WIEDA, BEIN JUPITA?!
MIA HOM GHEAD, DASSMA JEDS AA DES MAGISCHE WAS-SAL VO DE GALLIA HOM...
UND DE KOMPANIE FROGD SE, WARUM MIA NIX GRIAGN AUSSA WATSCHN VO DENAN HINICHN!

HEHEHE... EICHA DRANGGL BIN I!
?

HEA MED A REINDL! KOCH MA EAM AUS!
NAA, SO WOS KUMMD NA NED AUM DISCH! BEI MEINA SÖÖ!

SCHEE RUHIG BLEIM! OLLAS RENND NOCH BLAAN.

DE GALLIA SOEN NUA GLAUBM, DASS MIA DES DRANGGL HOM! I GIBS EICH SCHRIFDLECH, BOED GENGANS OLLE BÄULE!

WAAST, DESTRUCTIVUS, BEI UNS KUMMAN DE ZIWÜÜN MEDODN NED A SO GUAD AU. MIA WOEN AN EALECHN KAUMPF. GLÜCK AUF, MEIN FELDHERR, FÜHRE DEN STREICH...

IN DEINEM LAGER IST...
OESO, WOS MOCHMA, DESTRUCTI-VUS?

?!?
KUMMDS, I SCHÜÜDA EICH MEI IDEE!

DU BISD GENAU DA RICHDICHE, TAUBENUS. DU BRINGSD OLLE EIGN-SCHOFDN FIAN BSÜCHO-LOGISCHN GRIAG MIT!

GENAU, WIA DE BADRULLIE GSOGD HOD: DO HENGD A SCHLINGAL! GEDSCHO, WOATMA HINTAN BAAM!

WAAST EH, TAUBENUS: AUF LOS GEDS LOS!

ER KUMMD ALLANECH. DES GED SE AUS.

SCHOD! NED AMOE A KINIGLHOS!
LOS!

WUMM!

TREFFA! JEDS LEG NO DEIN TSCHAKO DANEBM HI!
?

UND SCHO SAMMA A WOEGGAL!

WAASSD WOS, MIA GFOED A, DA BSÜCHOLGISCHE GRIAG!

* UATSCHOFD, WO DA CÄSAR EN VERCINGETORIX DE RETOURKUTSCHN GEM HOD.

UND WIASO HOB I NED DIAFN GEE?
ASTERIX, MIA KUMMD VUA, DASSMA UNSARE FREIND BOED ZAAGN MIASSN, WO DA BARTL EN MOSD HOET!
DES KUMMD MA A SO VUA!

DRÜÜM EN AQUARIUM...
KUMM, AEROBUS, MIA HOM NO A OAWEIT.
EINGDLECH BIN I NED ZUM BARAS GAUNGAN, DAMED I WOS OAWEIT. OWA SEID DE ZI-WÜLISTN BEI UNS ES SOGN HOM... I BIN ZU SCHBED AUF D WÖÖD KUMMAN, MIA IS OLLAS ZU ANTIK.

?
WUMM!

WOS MOCHSDN, TROTTL?
I BRING EANA EN BSÜCHOLGISCHN GRIAG BEI.
WUMM!
22A

BSÜCHOLGISCHA GRIAG? WOS ISN DES WIEDA FIARA UNFUG?

ZACK!

KAA GUADA MOMENT ZUM BLEDSINN MOCHN. WEGGDS MA DE GAUNZN DEPPN WIEDA AUF UND SCHDÖÖDS AN HEFN MED WOSSA AUFS FEIA!

DAWÄU EN WOED...
WAUN DE RÖMA DES DRANGGL WIAKLECH HOM, KENNTAT DES A GFEALECHA AUSFLUG WEAN... UND DU FÄUSD A SO NOCH AN FISCH, DASS UNS GLEI HOM WEAN!

SCHEE LAUNGSAUM GESD MA AUM ZAAGA, AUTOMATIX!

DO SCHAUDS HEA, BUAM, A RODA FISCH!
22B

KAUNST KUAZ AUFHEAN ZUM FÄUN?

UJE!

SE HOM EAM!
LOSS MI AA SCHAUN!

KOMISCH. DES LIFDAL RIACHD NOCH AN HARING!
SO GFOED MA DES! DES SAN SICHALECH DE GSCHEADN, WOS UNS ZUA-SCHAUN.

MICROCOSMUS! TAUBENUS! JEDS KUMMDS ES DRAUN. DADS, WOS I EICH GHAASSN HOB!

SODA MED HIMBEA! JEDS WEAMA SENG, WOS DES DRANGGL WIAKLECH KAU!

PUFF!

WUMM!

SE HOM EAM! SE HOM EAM!
DES MIASS MA SCHNÖÖ DE AUNDAN DAZÖÖN!
DO SCHAUDS HEA, BUAM, A FLIAGADA FISCH!

SODALA.
DE SAN FUAT!
JEDS KEMMAS
WIEDA BLEIM
LOSSN.

BLEIM
LOSSN?
MIA HOM JO
NO GOA KAA
DRANGGL
GHOBD!
BITTE,
DES IS GE-
MEIN!
MIA HOM
AA A RECHD
AUFS MAGISCHE
DRANGGL!
?

HEAST, DES IS KA
MAGISCHES DRANGGL.
DES IS A HAASSES
WOSSA!
UND WOS IS
MED EAM?

I HOBS EICH DO EAKLEAD!
MIA DAN NUARA SO!

ZACK!

DE SOE KAA MAGI-
SCHES DRANGGL SEI?
MED AAN SCHLOG HOWE
DEN NIEDAGHAUD, WOS
EN TAUBENUS NIEDA-
GHAUD HOD, DASS A
K. O. IS!
OWA DA
TAUBENUS IS EN
WOAHEID NED
K. O.!
ZAAGS EAM, TAUBENUS!

JÖÖ, DAADSDAS
BEI MIA AA BROBIAN,
TAUBENUS?
WUMM!

DES IS HOED IMMA NOE ES
AANZECH WOARE, DA BSÜCHOLO-
GISCHE GRIAG!
WUMM!
OIDA, DESTRUCTIVUS,
DES IS KOMBLIZIAD!
I KENN MI SÖWA NIMMA
AUS. WEA HOD JEDS
DES DRANGGL?
KRATZ!
KRATZ!

SE HOM EAM!
DE RÖMA HOM DES DRANGGL!

DES iS A WiTZ. WOHEA SOETNS DES HOM?
PFFF!
PFFF!
PFFF!

ES WOAN iMMA WiEDA RÖMA BEi UNS EN LEDSDA ZEiD...
WÜÜSD SOGN, i HOB EANA DES REZEBD VAKAUFD, ODA WOS?

UND DU, MAJESTiX, HOSD DE FRECHHEiD UND MAANSD, i HOB DES REZEBD EN ASTERiX WEiDA-GEM, OBWOE DES NUA AN DRUiDN WOS AUGED?
PFUU... NA JO...

GUAD, i KENN Mi AUS. i WEA Mi SCHLEiCHN.
i Mi AA!
i AA!
KLÄFF!
25A

OWA, DRUiD! WAUNDSD Di SCHLEiCHSD, WEA KOCHD UNS DES ZAUWADRANGGL?

WARADS HOED EiNEGFOEN, WiAS KLAA WOADS!
UND ENDE GELENDE...

ViELLEiCHD HOMMA GROD AN BLEDSiNN GMOCHD, BUAM...
HEDDSDAS ZRUGG-GHOEDN, SENATOR!

SOG NO AMOE SENA-TOR ZU MiA! REiSS O!

i BiN SO MiAD... SO UNHAAMLECH MiAD...
TATAM!
TATAM!
25B

SCHOD EINGDLECH, DASS MA UNS JEDS SCHLEICHN. WO DIE RÖMA EN ZAUWADRAUNGG HOM, WIAD OLLAS NOE VÜÜ LUSDIGA!
SE HOM EAM OWA NED.

UND WEA HOD EAM DAUN?
MOCH DA KAAN KOPF, OBELIX!

MIA SOGD NIE AANA WOS. I BIN NUA DABEI, WÄULE SO A FESCHA KAMPL BIN!
KICK!

SEAS, WEAMAU! MIA WOEN KAAN WIGGL. MIA SUACHN DEN NEICHN RÖMA, DEA WOS...

DA DESTRUCTIVUS. LINGGS, DRITTES ZÖÖD.
26A

WOS IS DA DENN AUM SCHEDL GFOEN?
MI HOMS BSÜCHOLOGISCH BEHAUNDLD!

DO BLEIB SCHDEE UND WOAT AUF UNS, OBELIX!
IS RECHD.

HEAST!
QUID?*
SCHNIPP!

DEAFAT I GAACH WOS AUSBROBIAN?
KLOA!

ZACK!
26B

* LAT.: WOS IS?

ES!?
JO, MIA. MIA WOETN DA NUA SOGN, DASSD GWUNNA HOSD.
MED LUG UND DRUG HOSD UNSA DEAFÖ AUSANAUNDABROCHD!

UND... UND WOS WOETS JEDS VO MIA?

GOA NIX. MIA WOETN DA NUA ES OASCHLEGGN HAASSN. DU INDRESIASD UNS NED, GENAUSO WIA DE WAPPLA, WOS DEINE SCHMÄH GLAUBD HOM.
MIA HAUN SE IWA DE HEISA, MIA UND DA OBELIX UND DES DRANGGL.

??
27A

I HOB AN DESD GMOCHD. GENAU SOECHANE KREPIALN WIA IMMA. NIX DRANGGL!

HOET MA UNS NED AUF! GEMMA!
!

VASCHDEESD DU DES, IDEFIX? KAANA HOD DES DRANGGL UND DE DAN LOCHN!

GRÄU MA AUFFE AUFN BAAM. DO HOMMA OLLAS IM BLIGG.
27B

OWA JEDS! JEDS HOMMAS! DA DRUID, DA GSCHDEAMÖ UND DA BLAADE HOMSE GSCHLICHN!
EAKLEA MA DES, DESTRUCTIVUS! WAASST, DU BISD A SO SCHWAA ZUM VASCHDEE.

WAUN DE DREI FUAT SAN, SAN DE AUNDAN HOAMLOS! KA DRUID, KA DRANGGL!

DES KAPIARE!

BLOSDS EINE EN DE BOSAUNA! AUDRETN EN UNIFOAM! WEA NO SCHDEE KAU, HÜÜFD DE AUNDAN!

TRARIIIIIIII TRARAAAAA!

?!?

NO, WOS SOEN DES SCHO WIEDA?
A BOA HOM GMAAND, DASS UNSA ZAUWA-DRANGGL NIX HAASSD. NAU, HOMMA SE DENGGD, DA BSÜCHOLOGISCHE GRIAG...

AUS! SCHLUSS! BASDA! MIA SAN LEGIONEA, ES PFOSTN!

IN MEIN LOGA HEASCHD A UADNUNG! MIA MOCHN UNSARE GEGNA NOCH VUASCHRIFD! MED EICHA-RE SOFDI-IDEEN KENNDS OREISSN! HEA MED DE WOFFM!

A WENGAL SCHBEDA...
OESDAUN, LEGIONERE! MIA WEAN EN KÜAZE DES GALLISCHE DEAFÖ EIKASSIAN UND GLEI AUSRADIAN DAZUA! DE GALLIA HOM KA DRANGGL MEA UND...

OWA WOS IS MED UNS? HOM MIA JEDS DES DRANGGL ODA NED?
KLOA HOMMAS!
EBM NED!

OWA SICHA!
WAUN I DA SOG: NAA!
OWA DA MICROCOSMUS HOD...
DRANGGL ODA NED, DES IS DE FROG!
29A

HUACHDS ZUA! KAANA HOD A DRANGGL, OWA MIA SCHDENGAN ZWAN-ZECH ZU AANS! DA CÄ-SAR WIAD FETT WOS SCHBRINGAN LOSSN FIA DEN LEICHDN SIEG!

NA DAUN... VUAWEATS MAASCH, ES HÖÖDN!
AVE, CÄSAR!

I SIECH SCHO, A ZEIDL BEI UNS IM FÖÖD, UND DU WIASD NO A RICHDECHA STRATEGE!
TRARiiiiiii TRARAA! BUMM! BUMM!

DO! SE KUMMAN AUSN LOGA! GEMMAS AU!
29B

NED AMOE AN WOCHMAU HOMS DOLOSSN!
OWA WOS MOCHDMA EN AN LOGA OHNE RÖMA?

AH, DO SCHDED DA HEFN MEN AUNGEWLECHN DRANGGL!
NIMM EAM, OBELIX, OWA SCHITT NIX AUS!

DES IS DES DRANGGL?
WAUNST DES DRINGGSD, GSCHBIASD GOA NIX!

DAUN IS DES DRANGGL! I GSCHBIA NIA AN UNTASCHIED!
?

WAASST WOS, ASTERIX? EA SCHOFFDS, DASS I MI SÖWA NIMMA AUSKENN!
ZAA MA AUU! MIA MIASSN DE RÖMA IWAHOEN!

SEA RICHDIG: DE KOMPANIE MASCHIAT SCHO DUACHN WOED AUFS DEAFÖ ZUA...
HEANS, DE KAMARADN DADN SE INTRESSIAN, WIA DES HEID ORENND MED DA BEUTE... WÄU SEINAZEID EN MUNDA...
WARUM LEICHD? WOS WOA EN MUNDA?

DO IS OLLAS SAUWA OGRENND... VON MIA AUS, DE BOA VASN...

SAADS OAG? DUADS DE WÜÜDSAU NED AUFTÄUN, BEVUASAS HOBDS!

DAHAAM EN DEAFÖ KIMMAT SE DA SCHEF SÖWA UM DE MOTIVATION.
ZAUWA-DRANGGL ODA NED, MIA WEAN EANA EN SCHLAUCH GEBM!

SOLAUNGS NED MEAGGN, WIAVÜÜ DASSMA SAN...

DO SANS!
MIA MIASSNS UNBEDINGD IWAHOEN! NIMM AN GSCHEIDN HOGGA VOM DRANGGL, ASTERIX!

NAA, OBELIX! A AUNDAS DRANGGL!

BLUCK! BLUCK! BLUCK!

AUTSCHI! DO GREIFD WEA DE NOCHHUAD AU!
OWA DES SAN JO MIA!?
31A

RUMM DI WUMM!
IANGDWEA GREIFD DE NOCHHUAD AU!
WEIDASOGN: IANGDWEA GREIFD DE NOCHHUAD AU!
JEDS BRAUCHAD MA AN OLIFANT*!
AN WOS?

IANGDWEA GREIFD DE NOCHHUAD AU!
WOS?
?!

ZACK!
31B

* A OAT HUPN.

ASTERIX, OBELIX UND MIRACULIX KUMMAN ZRUGG!

SCHNÖÖ, ES ZWAA! MOCHDSAS DIAL AUF!
JO, SCHEF!
DADADSD DAWÄU EN SCHÜÜD HOETN?

DIAL ZUA!

DAWÄU...
UND WOS WOA DES?

ZENTURIO, MED LETZTA GROFD BRING I MEIN RAPPUAT: DE NOCHHUAD IS ATTAKIAT WUAN VO IANGDWÖÖCHANE UNGUSTLN UND HOD SE EASCHD NOCH AN HOATN KAUMPF EAGEBM.

KOFFA! HED DE NOCHHUAD BESSA AUFBASSD, WARAT DE VUAHUAD JEDS NED DE NOCHHUAD UND...
VUAHUAD, MAASCH!

?!

DU VASCHDEESD MI NED, GÖÖ?
NA JO, WAUN I FRAUNGG REDN DEAF...

SCHLEICH DE HINTRE!
IMMA MED DA RUHE! DES RENND OES A WENG AUNDASCHD O OES WIA BLAAND! DE GALLIA SAN ZRUGG ENS DEAFÖ MED UNSAN DRANGGL!

OWA DES IS KAA ECHTS DRANGGL, ODA? VIELLEICHD KENNE MI AFOCH NIMMAMEA AUS.

SEA LIAB VON EICH, DASS ZRUGGKUMMDS... UND MIRACULIX, DO FOED MA EI, MECHASD UNS NED A KLAANS DRANGGL...
DO HOBDS AANS. DES HOMMA VO DE RÖMA MEDBROCHD.

VO DE RÖMA?
KLOA. DA AUTOMATIX UND DA VERLEIHNIX HOM JO GMAAND, DES IS DES DRANGGL, WÄUS DE RÖMA PIPPERLT HOM.

OESDAUN, PROST! WEA MECHD?

GLUCK! GLUCK! GLUCK!

FAD!
WEA WAASS, FOADS DRODDSDEM... REISS AUS DEN BAAM DO.

GRRRRR!

HÜÜF EAM SCHNÖÖ, ASTERIX!
GEAN, O DRUID!
KEUCH! KEUCH! KEUCH!

KRACKS!
HEAST! I MISCH MI BEI EICH AA NED EI. LOSSDS ME EN RUA MEINE NUMMAN SCHREIBM!!!

GENAU, MIRACULIX! A SO A DRANGGL BRAUCHAD MA.
MAANDSD VIELLEICHD, DASS DES RÖMADRANGGL NED DESSÖWE IS WIA MEINS, MAJESTIX?

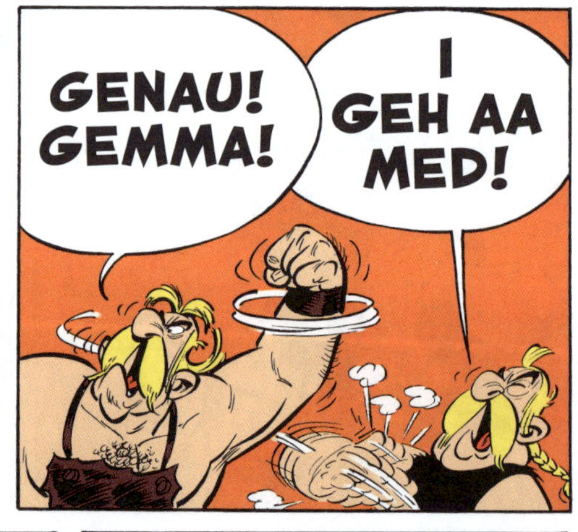

ENDLECH! SO GFOETS MA WIEDA! VOE AUGRENND, OWA DAFIA FREIND! JEDS GRIAGDS EICHA DRANGGL!

HOSDAS VARSCHDAUNDN? MIA MIASSNS BREMSN, BIS DES DRANGGL FEATICH IS.
VARSCHDAUNDN HOWE GOA NIX, OWA GEMMA!

AUSN WEG, GALLIA!
EALAUBM?
OWA GEAN!

ZACK!

WUMM!
BOING!

BUMM!
ZACK!
ZACK!

ZRUGG-ZIAGN!

HEAST, ASTERIX, SOG EANA, DASSS SCHDEE BLEIM SOEN. WAUNSA SE AMOE ZRUGGZIAGN, SANS SCHWEA ZUM BREMSN!
MI MAGERLTS AA, DASS SA SE ZRUGGZIAGN MIASSN!

DES WIAD EN CÄSAR TAUGN, WAUN IS EAM DAZÖÖ! A GAUNZE ARMEE RENND VOA ZWAA BAUANSCHEDLN DAVO!
DO GIBDS NIX ZUM DAZÖÖN. OLLAS STRATEGIE. MIA RUAFN DE AUNDAN GARNISONA ZUA VARSCHDEAGGUNG. UND DAUN HOMMAS!

SCHDIMMD, WÄU SE SAN JO ZWAA, UND MIA SAN NUARA KOMPANIE!
BRINGS MA DE BRIAFALN AUF KLAABONUM, AUF LAUDANUM UND BABAORUM! OWA GSCHWIND!

VÜÜ ZEID HOMS NIMMA, DE RÖMA...
SIADN DUADS SCHO. GLEI BIN I FEATIG!

I BRAUCHAD NO A BOA MISCHBÖN.
IM UAT HOMMA KAANE. MIASSAD AANA EN WOED GEE.

OBELIX, OEDA FREIND! I BUAG DA MEI WEAGGZEIG UND DU HOESD MA A BOA MISCHBÖN AUSN WOED!
?

ZEASCHD SCHIGGNS MI DE RÖMA BREMSN, DAUN MUASS I BLEAMÖN BROGGN...

ALAAAAM! DA GEGNA GREIFD AU!
DES GED MI GOA NIX AU!

ZACK!

ES SAADS JO AUGRENND, ES RÖMA. WAUNE AN KÖÖCH WÜÜ MED EICH...
BUMM!

... IS KAANA DO...
BOING!

OWA JEDS HOWE A OAWEIT. KAA ZEID FIARAN KÖÖCH. OESO SCHLEICHDS EICH.
?
WOS SUACHDA DUAT DROM?

BOING!

PFUU... I HOMMA SCHO DENGGD, DES GED NIMMA!

?

!

ASTERIX, ASTERIX! A RIESNHAUFN RÖMA VO OLLE SEITN!
DRUM HOMSASE ZRUGGZOGN. AUFD VARSCHDEAGGUNG HOMS GWOAT!

OLLE RÖMA KUMMAN AUF AMOE!
GLEI IS S SO WEID! DAUN GRIAGNS WOS ZUM KOSTN!

AVE, AEROBUS! DE GARNISONA VO BABAORUM...
... VO LAUDANUM...
... UND VO KLAABONUM SCHDENGAN DA BEI!
AVE, KAMARADNA! **WAUNS ASO IS... ZUM AUNGRIFF!**

ESSN!

KUAZ DRAUF...
HOM OLLE WOS GRIAGD? WAUNS ASO IS...

ZUM AUNGRIFF!

DA KÖÖCH VMS DEAFÖ
Nuara Lufdbüüd kaun zaagn, wos ollas bassiad is, bei dem Megakööch, wo se a klaans, renitents gallisches Deafö gegn Soedodna aus via Römaloga gleichzeidech behaubdn muass.
DEAFÖ
KLAA-BONVM
AQVARIVM
LAVDANVM
BABAORVM
SPQR
(1) Es klaane, renitente gallische Deafö.
(2) Soedodna aus Aquarium.
(3) Soedodna aus Babaorum.
(4) Soedodna aus Laudanum.
(5) Soedodna aus Klaabonum.
(6, 7, 8, 9) Gallia, wos schnöö owa ohne an genaun Blaan ausn Deafö ausserennan.
(10) Miraculix, Druid, wiara bei sein laan Reindl woat, wia da Kööch ausged.
(11) Troubadix, Musikant, wiara en Druidn frogd, um wos eigndlech de gaunze Zeid scho ged.
(12) Seereiwaschinakl, wos de Gallia aus (8) glei amoe vasenggd hom. Wias gmeaggd hom, dass do kaane Röma san, woetns droddsdem kaa Zeid varlian, bein Teutates!
(13) Obelix, Hingglschdaatandla, wiara zu seine Freind aus da Uatschofd maand, dass des do nua seine Röma san, wos kaan aundan wos augengan.
(14) Automatix, gallischa Schmied, wiad glei auf an Freind dreffn.
(15) Verleihnix, gallische Fischgreißla, da Freind von Vurign.
(16) Genau do weansase dreffn, de Freind!
(17) Methusalix, da Ötaste unta de Wüüdn, bei an Brivatkööch men römischn Legionea Taubenus.
(18) Majestix, gallischa Schef und Easchda unta de Wüüdn. Seine Schani san iwan Zaun ghappd, ohne dass sa se um sei Gleichgewichd gschead hom. Jeds zaagda kuaz sei diafe innare Müdechkeid. Kauma varschdee.
1
2
3
4
5
7
8
8
9
10
11
12
13
14
15
16
17
18
MAJESTIX
gallischa Heibdling
ASTERIX
gallischa Griaga
OBELIX
Hingglschdaatandla
AEROBUS
römischa Offizia
DESTRUCTIVUS
römischa Intrigant
TAUBENUS
Legionea und Bsücholog
38

KUAZ OWA INTENSIF WOARA, DA KAUMPF, WO SO MAUNCHA GRIAGA WOS EIKASSIAT HOD...
HEHEHEHE!

BISD DU DEPPAT! SO A HAUFN AUGRENNDA!
JO, OWA NO SAMMA NED GAUNZ FEATIG! RUAF UNSARE FREIND!

EN DA NAACHND...
AH, DO IS A, DA KÖÖCHMASTA! LEIWAND! A MÖADAHOGGN! IN DERA GEGEND WOA OLLAS RUHICH, DIE GALLIA, MIA, OLLE! DAUN KUMMSD DU UND MIA GRIAGN ANE AUM SCHEDL!

MOMENT, MOMENT, I HOB MEI HOGGN ERLEDICHD. ES DAGEGN...
HEAST!

!!!

SODA, MI BRAUCHD EINGDLECH KAANA MEA. I WEA MI SCHEE LAUNGSAUM VA...
LEGIONERE! ARRETIATS MA DEN KASCHBAL!

?
DAUNGSCHEE, DESTRUCTIVUS!

WOS?
BESSA HESDAS NED HIGRIAGN KENNAN. MIA SAN HOCHZUFRIEDN. DU HOSD OLLAS BEGLD WIA AUSGMOCHD!

DESTRUCTIVUS, OIDA, JEDS BISD ANA VO DE UNSRIGN!
UND ZUA DA GAASCH DAZUA GIBDS NO A KLAANS AUDENGGN...

HOCH DA DESTRUCTIVUS!
LEBM SOE A!
HOCH UNSA SCHBEZI!

OWA... OWA...
AH SOOO! JEDS TSCHEGG IS EASCHD! DU HOSD FIAD AUNDARE SEITN GOAWEIT. DESHOEB UNSA NIEDA-LOGE!

BISD OAG!? ES WEADS EAM SEI LUG DO NED ONEM-MAN?
KLOA NEMMAS EAM O!
KRACKS!

DADS EAM EN KETTN LEGN! MIA SCHIGGN EAM ZUM CÄSAR HAAM, EN HOCHVARÄTA!

OWA UMAN DESTRUCTIVUS MUASS MA SE KAAN KOPF MOCHN. KAUM AUF SEE, IS A SCHO WIEDA OBM-AUF. UND UM EAM UMADUM HEASCHN LUG UND VAR-LEIMDUNG.
BACKBOAD, HOWE GSOGD!
RED DU NUA, DU SOGENAUNTA KÄPTN!

ASTERIX, MIA HOMSE DIA GENGIWA AUFGFIAD WIA DE VOEKOFFA! UNSA FREINDSCHOFD HED SCHDEAKA SEI MIASSN OES OLLE VARLEIMDUNGEN. MEDN OBELIX UND MEDN MIRACULIX ZAUM HOSD UNS ZAAGD, AUF WOS AUKUMMD!

MIA MOCHN AN DIENA VUA DIA!

I MOCH AN DIENA! NED ES!

MAUCHMOE KENNT MA GLAUBM, EA HOD DE BALLAUNS VARLUAN!
WAUNS SO WEIDAGED, WIAD MA EAM NO FOEN LOSSN!
TSCHUEDEGN, ASTERIX!

VAGESSMAS! MOCHMA GSCHEIDA A NEICHES FESDL FIA UNSAN SCHEF! OWA NED SO A HEISLPARTY WIA BEIN LEDSDN MOE!

LEIWAUND, BEIN TEUTATES!
I WEA EAM NO AN HINGGLSCHDAA SCHENGGN!
I SUACH AN NEICHN FEIDL!
LEDSDE WOCHN HOWE AN WÖÖS GFAUNGAN, DEA WIAD EAM DAUGN!
DES WIAD A LIABE IWAROSCHUNG!

IN SCHEF SEINA HITTN...
MEINE FREIND, I WAASS GOA NED, WOS I SOGN SOE, ZU DERA LIABM IWAROSCHUNG...

SCHO KLASS, DASS MA OLLE WIEDA FREIND SAN!
DRODDSDEM WISSAD I GEAN, OBSAS KAPIAT HOM.

DES WARAT SCHO INTRESSANT! SE SAN DA EH A KLAANE REWAUNSCH SCHUEDECH!

AUM NEGGSDN DOG EN DA FRUA...
FISCHE
VERLEIHNIX
KRUSTENTIER

SCHAUDS EICH DES AU!

NA SEAVAS!
SO WEID OBM SCHDED EINGD-LECH NUA DA SCHEF.
WEA WAASS, MECHDAS WEAN?
NOCH DEM GAUNZN KÖÖCH WIAD EAM DA MAJESTIX ZUM NOCHFOEGA BE-SCHDIMMD HOM.
SCHEE LAUNGSAUM! WAUN ANA NOCHFOEGA WIAD, DAUN DA METHUSALIX, MEI GATTE! WEA HODN DE GRESSDE EAFOARUNG?

DA METHUSALIX? DES HAASD NED EAFOARUNG, DES HAASSD DEMENZ! MEI MAU, DA AU-TOMATIX, IS GAUNZ WOS AUNDAS. DEA IS JUNG, DEA HOD A GROFD....
JELLOSUBMARINE! WEG MED DE FISCH, GSCHWIND!

DA AUTOMATIX? A EWECHA GROWIAN! MEI GATTE IS A GSCHEFDSMAU, DEA...

DAG!
FISCHE
VERLEIH

HE! HINT AUSCHDÖÖN WIA OLLE AUNDAN AA!
OWA I BIN DE GATTIN VON SCHEF!

NAA, DES BIN I! GIB MA AN HARING, JELLOSUBMARINE!
?!

KLATSCH!

I BITT EICH GOA SCHEE! WOS ISN JEDS SCHO WIEDA LOS?
PAFF! PIFF! ZACK!

DE WEIWA MAANAN, DU BISD SCHO GAGA!
HEHEHE-HE!

AUDSCH!
WUMM!

ZACK!
?

HEASD, I HOB KAA WUAT GSOGD!
EH, OWA I KAUN DO DE MOASCHE HITTN DO NED NIEDAHAUN!
MOA-SCHE HITTN!?
43A

I HOB A RECHD, DASS MI NIEDA-HAUDS! I WÜÜ, DASS MI NIEDA-HAUDS!
I WIA GLEI OLLE NIEDAHAUN, WAUNS MEINE FISCH NED EN GRAUD LOSSDS!
IS GOA KAA RUA MEA BEI UNS? AUS, SCHLUSS! EICHA SCHEF SCHOFFDS EICH AU!

WOS FIARA SCHEF?
GENAU! DA SCHEF IS JEDSA DA VERLEIHNIX!
DEA WAPPLA?
DEA WAPPLA IS OWA NO KAA SENATOR UNTAN CÄSAR WUAN, EA NED!

KRACKS!
BUMM!
ZACK!
NA SEAVAS, WOS ISN DO LOS?
PFFFT!
PFFFT!
43B

ZACK!

DE SAN AUGRENND,
DE RÖMA!